ANTIQUITÉS CHYPRIOTES

# VERRES ANTIQUES

## BIJOUX, VASES, TERRES CUITES

## ET MÉDAILLES

*Provenant de fouilles récentes faites dans l'île de Chypre*

LA VENTE AUX ENCHÈRES PUBLIQUES

aura lieu

HOTEL DES COMMISSAIRES-PRISEURS, RUE DROUOT, N° 5

SALLE N° 4, AU PREMIER ÉTAGE

**Les 19, 20 et 21 Janvier 1875**

A DEUX HEURES PRÉCISES.

**Me DELBERGUE-CORMONT**, Commissaire-Priseur,

8, rue Provence.

**M. HOFFMANN**, Expert, 33, quai Voltaire.

EXPOSITION PUBLIQUE : *Le Lundi 18 Janvier 1875*,

DE DEUX HEURES A SIX HEURES

PARIS — 1875

*On trouve chez M. Hoffmann, 33, quai Voltaire :*

LE NUMISMATE

# BULLETIN PÉRIODIQUE

**ANNÉES 1862-64.**

Ce volume, orné de 8 planches, se compose de :

I. Notes sur les ventes publiques, les trouvailles et les publications nouvelles.

II. Catalogue de médailles grecques, avec prix et degré de conservation. N° 1-3203.

Table générale des médailles grecques (11 pages). 4 planches.

III. Catalogue de médailles romaines (Consulaires, n° 1-986. Impériales, n° 1-2558) et byzantines, n° 1-349.

Table (4 pages).

IV. Catalogue de médailles gauloises (n° 1-39), royales françaises (n° 1-646, avec une table qui se trouve à la suite de la table générale des médailles grecques), féodales françaises (n° 1-825, avec une table de 2 pages et une planche) et étrangères (n° 1-724, avec une table de 1 page).

| | |
|---|---|
| Prix de la vente Dupré | 1 fr. |
| Catalogue Bellet de Taranost (2 planches) | 5 fr. |
| Prix de la vente Bellet de Taranost | 1 fr. |
| Catalogue du marquis de Moustier, méd. romaines (7 pl.) | 10 fr. |
| Prix de la vente de Moustier | 2 fr. |
| Prix de la vente Colson | 1 fr. |
| Prix de la vente Gréau (romaines) | 1 fr. |
| — — — (françaises) | 1 fr. |
| Catalogue Lemmé, médailles du Bosphore (2 planches) | 3 fr. |

Paris. — Typ. PILLET fils aîné, rue des Grands-Augustins, 5.

# CONDITIONS DE LA VENTE

Elle sera faite au comptant.

Les adjudicataires payeront *cinq pour cent* en sus des enchères.

Les lots pourront être divisés ou réunis au gré de l'expert.

# AVERTISSEMENT

*Au commencement de chaque vacation, on vendra plusieurs centaines de* Verres *et de* Poteries antiques, *non catalogués.*

# ANTIQUITÉS CHYPRIOTES

## BIJOUX, PIERRES GRAVÉES, ETC.

1. Petite bague en or, portant l'inscription : ЄΠΑΓΑΘΩ, gravée au pointillé. — Autre, ornée d'une prime d'émeraude.
2. Bague de bronze, représentant le temple de Paphos. — Autre, représentant un lion.
3. Bague d'or, trois bagues d'argent et deux petits masques en Æ. — Deux bagues en bronze, dont l'une ornée d'une pâte blanche.
4. Cylindre de collier, en or. — Un grand nombre de grains de collier, en or granulé.
5. Une paire de boucles d'oreilles en or, en forme de baie.
6. Autre, bombée et surmontée de petits disques plats.
7. Autre, ornée d'une petite grappe en argent.
8. Une paire de boucles d'oreilles, représentant deux Amours portant des guirlandes, et surmontées de rosaces ; or.
9. Autre, ornée de grenats et de pâtes blanches.
10. Autre, en forme de croissants, muni chacun de trois oreillettes.
11. Autre, semblable, sans oreillettes.

12. Autre, ornée de chaînettes.

13. Autre, ornée de petits disques en pâte de verre.

14. Deux autres paires, ornées de pâtes blanches, de bulles mobiles et de larmes.

15. Deux paires, ornées de pâtes bleues et de perles.

16. Trois paires, ornées de pâtes de verre.

17. Une paire de boucles d'oreilles, ornées de têtes de bacchantes, ceintes de lierre.

18. Autre paire, ornée de têtes de taureaux, style phénicien.

19. Autre, du même style, avec des têtes de bouquetins.

20. Autre, avec des têtes de lions, style phénicien.

21. Autre paire, ornée d'une grappe.

22. Autre, en forme de spirale.

23. Autre, ornée de disques bombés; les anneaux en torsade.

24. Autre, semblable, à anneaux simples.

25. Autre, avec pendentifs.

26. Autre, sans pendentifs.

27. Autre, en forme d'anneaux simples.

28. Boucle d'oreille sans pendant (figurine aux bras étendus, et pâte verte).

29. Autre (anneau de quatre chaînettes).

30. Autre (croissant décoré de pâtes vertes).

31. Autre (Amour portant une guirlande). — Deux autres en forme de fleurs, dont l'une décorée de pâtes blanches.

32. Autre, avec des globules en argent.

33. Autre, ornée de pâtes de verre, de perles, etc.

34. Autre, en forme de spirale.

35. Autre, ornée d'une tête de taureau, style phénicien.

36. Quelques autres du même genre.

37. Plusieurs boucles d'oreilles dépareillées, de formes très-simples.

38. Anneaux d'or.

39. Diadème, orné de palmettes estampées.

40. Fragment de diadème avec des granulations d'une extrême délicatesse.

41. Bractéate (étoile) et deux ailes.

42. Deux camées (chien attaquant un sanglier et chien combattant un crocodile), sardonyx. — Autre (femme assise sur un monstre marin).

43. Pierre gravée (cornaline), représentant Diane, en tunique talaire, portant un arc et une flèche.

44. Grylle (sardonyx).

45. Main tenant une oreille. Légende : ЄΠΑΦΡΟΔΙΤΟΥ, cornaline.

46. Jupiter Sarapis (jaspe noir). — Guerrier mordu par un serpent (agate). — Deux Amours luttant (cornaline).

47. Lion devant un bucrane (cornaline). — Lion (pâte blanche). — Chaçal et croix ansée (lapis lazuli), etc., en tout six pierres gravées.

48. Grenats, cornalines, etc.

49. Quatre amulettes en verre.

50. Disques et perles en pâte de verre.

51. Cinq beaux scarabées égyptiens et terre émaillée.

52. Neuf autres et trois cylindres en pierre dure.

53. Tête de la déesse Pacht; pectoral en terre émaillée.

54. Objets en terre émaillée (figurine, raisin, main fermée. phallus, etc.).

55. Epingles à cheveux, en ivoire.

## VERRERIE

### I. — VERRES OPAQUES

56. Amphore terminée en pointe; jaune et blanc sur fond brun.

57. Autre (anses brisées); ornements jaunes sur fond brun.

58. Flacon muni d'un pied et de deux anses; jaune et blanc laiteux sur fond nacré. Forme rare.

59. Autre (anses jaunes brisées); jaune, bleu et vert clair sur fond bleu foncé.

60. Amphorisque (l'une des anses est brisée); jaune sur fond bleu foncé. Fabrication grossière.

61. Balsamarium; blanc laiteux sur fond bleu.

62. Autre; mêmes couleurs que celles du n° 58.

63. Autre; rameaux blancs sur fond bleu.

64. Petite amphore, côtelée au milieu de la panse. Pâte jaune clair avec des chevrons verts. Forme rare.

65. Petit vase à deux anses, pâte vert d'eau.

66. Bague en pâte bleue. — Petit vase en pâte multicolore, de la grandeur d'un grain de collier.

67. Six bracelets.

2. — VERRES COLORÉS

68. Patère en verre bleu.

69. Petite amphore en verre blanc ; l'une des anses est en pâte bleue.

70. Flacon bleu, terminé en pointe.

71. Autre, en verre bleu, entouré de fils blancs.

72. Autre, plus petit.

73. Grand flacon, à panse pomiforme. Couleur bleue.

74. Flacon bleu à panse piriforme.

75. Petit flacon en verre bleu.

76. Flacon effilé en verre bleu (tordu).

77. Bracelet en verre incolore, entouré d'un fil brun.

78. Petit flacon en verre rougeâtre, la panse en forme d'anneau. — Autre en verre bleu.

79. Petit flacon effilé en verre jaune.

80. Deux petits flacons en verre jaune.

81. Patère en verre jaune.

82. Petite coupe en verre jaune.

83. Verre à boire ; même couleur.

84. Coupe à surface unie ; jaune clair.

85. Autre plus petite.

86. Petite coupe en verre jaune.

87. Coupe à parois épaisses; vert d'eau.

88. Très-petite coupe ; vert translucide.

89. Verre à boire ; couleur verdâtre.

90. Flacon piriforme, pâte verte.

91. Deux verres de très-petites dimensions ; l'un terminé en pointe, l'autre avec une très-belle irisation. Couleur verte.

92. Petit flacon sphérique ; verre bleuâtre avec irisation dorée.

3. — VERRES MOULÉS

93. Verre à boire, portant la légende circulaire : ΚΑΤΑΙΧΑΙΡΕ (palme) ΚΑΙ ΕΥΦΡΑΙΝΟΥ (palme). — Hauteur, 0,075. Brisé et recollé.

94. Verre à boire, orné de quatre plantes en relief. — Haut., 0,079.

95. Verre octogone, orné de rosaces en relief, alternant avec des palmettes, des disques placés dans des losanges, etc. — Haut., 0,066.

96. Petit flacon cannelé, à anse verdâtre.

97. Coupe côtelée. Irisation bleue.

98. Petite coupe à côtes saillantes ; irisation argentée.

99. Patère à deux anses.

100. Patère, les anses remplacées par des dentelures.

101. Cuiller. — Astragale.

102. Baguette en torsade munie d'un anneau.

### 4. — VERRES PEINTS

103. Verre à boire, avec son couvercle. Au revers du couvercle un Amour dansant, en couleurs d'applique.

104. Autre, plus petit ; couleurs moins bien conservées.

### 5. — VERRES BLANCS

105. Grand flacon cylindrique à anse plate striée. — Haut., 0,32.

106. Autre, plus petit; verre blanc jaunâtre.—Haut., 0,18.

107. Autre ; verre blanc translucide.

108. Grand flacon piriforme à anse plate formant angle.

109. Œnochoé à orifice trilobé.

110. Grand flacon à panse globulaire, sans anse.

111. Autre, plus petit.

112. Flacon conique, à anse plate unie.

113. Grand flacon à orifice évasé.

114. Autre, en verre verdâtre.

115. Autre, à panse sphérique.

116. Patère en verre blanc avec une grande tache violette.

117. Patère striée.

118. Patère ombiliquée.

119. Patère plate à bords relevés. — Diam., 0,18.

120. Autre, plus petite.

121. Autre, à bords évasés.

122. Flacon se rétrécissant vers le haut et entouré d'un fil en relief.

123. Petit flacon à panse globulaire, entouré d'un fil en relief.

124. Petite amphore; les attaches des anses ornées de dentelures.

125. Flacon pomiforme à deux anses.

126. Petite œnochoé à orifice trilobé; belle irisation.

127. Scyphus à deux anses (dont l'une est en partie brisée).

128. Verre à boire, à quatre dépressions perpendiculaires.

129. Autre.

130. Petit scyphus sans anse.

131. Autre, sans couvercle.

132. Verre à boire, à parois épaisses, avec couvercle.

133. Autre, sans couvercle. Irisation purpurine.

134. Verre à boire, s'élargissant vers le haut.

135. Autre, orné d'un petit collier en traits gravés.

136. Coupe, plus grande.

137. Coupe, s'élargissant vers l'orifice. Magnifique irisation.

138. Petite coupe (forme du n° 136).

139. Flacon piriforme, irisation bleuâtre.

140. Flacon à long goulot; panse sphérique avec douze dépressions.

141. Flacon globulaire à goulot évasé. Couleur violacée.

142. Flacon carré à anse plate.

143. Autre.

144. Petit flacon avec une seule anse.

145. Autre, piriforme, avec ansé terminée en dentelures.

146. Petit flacon sphérique, avec une seule anse.
147. Autre, à anse plate.
148. Flacon piriforme ; anse ornée de dentelures.
149. Flacon sphérique sans anses.
150. Petite coupe ornée d'un filet en saillie.
151. Coupe ombiliquée.
152. Petite coupe du même genre.
153. Coupe aux bords ornés de dentelures.
154. Autre, plus simple.
155. Autre, avec irisation.
156. Flacon en forme de clochette.
157. Autre, en forme de pilon.
158. Flacon sphérique à goulot allongé.
159. Flacon piriforme.
160. Flacon à goulot élevé et à panse comprimée.
161. Flacon à goulot évasé ; verre violacé.
162. Flacon à goulot élevé.
163. Autre, irisé.
164. Autre, plus élégant de forme.
165. Flacon à goulot étranglé.
166. Petit flacon cylindrique.
167. Flacon à parois épaisses.
168. Biberon ; irisation bleue.
169. Deux petits flacons sans anses.
170. Petit flacon sphérique, entouré d'un fil blanc en relief.

171. Flacon avec patine blanche.

172. Flacon à quatre dépressions perpendiculaires.

173. Flacon s'élargissant vers la base; pâte jaunâtre.

174. Flacon à panse conique.

175. Flacon à orifice évasé.

176. Flacon piriforme; irisation nacrée.

177. Même forme; irisation purpurine.

178. Même forme; irisation vert et or.

179. Même forme; irisation bleu turquoise.

180. Petit flacon conique avec une entaille au milieu de la panse. Irisation nacrée.

181. Même forme.

182. Flacon piriforme avec entaille au milieu de la panse. Irisation nacrée.

183. Flacon piriforme; irisation argentée.

184. Autre.

185. Autre; irisation vert et pourpre.

186. Autre; irisation or et pourpre.

187. Six petits flacons irisés.

188. Deux petits flacons à parois épaisses.

189. Sous ce numéro sera vendu un grand nombre de verres blancs et de couleur non catalogués, les doubles des numéros précédents.

## BRONZES

190. Figurine de l'ancien style, les deux bras tendus en avant.

191. Petit taureau. — Amour jouant de la lyre (plaquette).
192. Coupe à panse côtelée.
193. Petite coupe hémisphérique.
194. Cuiller.
195. Pelle.
196. Deux pincettes.
197. Deux strigiles.
198. Deux lames de couteaux.
199. Ciseau.
200. Petite hache.
201. Clou ornementé.
202. Trois clous.
203. Fer de javelot.
204. Deux fers de lance, très-larges.
205. Deux autres.
206. Fer de lance, plus effilé.
207. Couteau avec les clous qui le fixaient au manche.
208. Sous ce numéro sera vendu un petit nombre d'objets en bronze non catalogués.

## ALBATRE, PIERRE CALCAIRE, ETC.

209. Petite coupe en albâtre.
210. Grand balsamarium.
211. Petit balsamarium.
212. Autre, terminé en pointe.

213. Flacon muni d'une anse. Forme rare.

214. Flacon en forme de fuseau.

215. Flacon en forme de bourse.

216. Patère à trois petits pieds. Pierre calcaire.

217. Broyeur, basalte. — Coquille fossile, trouvée dans un tombeau.

## TERRES CUITES

218. Terre cuite funéraire en forme de momie aplatie, avec un anneau à suspension. Les deux faces sont recouvertes de hachures. Style primitif. — Haut., 0 m. 28 cent.

219. Femme parée de boucles d'oreilles mobiles et portant un enfant dans ses bras. Même style.

220. Homme nu portant un vase. Style phénicien très-ancien. — Haut., 0 m. 28 cent. — Peinture noire sur fond blanc.

221. Joueuse de tambourin, le corps terminé en gaîne.

222. Vénus chypriote parée d'un collier de perles.

223. Vénus chypriote, nue, portant les mains à ses mamelles. Peinture rouge et noire sur fond blanc.

224. Homme drapé, de l'ancien style, portant un petit vase à la main gauche. — Haut., 0 m. 26 cent.

225. Vénus chypriote tenant une fleur. — Haut., 0 m. 25 cent. Même style.

226. Trois autres, plus petites.

227. Déesse voilée assise sur un siége et tenant sur ses ge-

noux un enfant qui joue avec son collier. Sujet nouveau. Ancien style.

228. Femme drapée, placée sur une petite base. Époque de transition.

229. Vénus chypriote drapée et placée sur une base. Figurine.

230. Bélier portant un buste. Applique.

231. Protome de taureau.

232. Masque barbu, diadémé, avec traces de couleurs.

233. Deux Amours se disputant un objet. Petit groupe fragmenté. — Enfant à cheval.

234. Acteur; beau style grec. — Haut., 0 m. 15 cent.

235. Femme voilée portant un enfant et un vase.

236. Femme portant une pomme et un tambourin.

237. Femme drapée (tête détachée du tronc).

238. Enfant en tunique courte.

239. Enfant enveloppé dans son manteau.

240. Coq. — Petit poids.

## LAMPES

241. Grande lampe à vernis rouge; au milieu, une coquille entourée d'une bordure de palmettes imprimées (anse brisée).

242. Paon. — Colombe placée sur une coquille.

243. Victoire portant une palme et un disque sur lequel on aperçoit quelques lettres (*Anno novo* etc.); dans le champ, un *as* romain avec la tête de Janus, un autre avec la proue de vaisseau, etc.

244. Buste du Soleil placé sur un croissant. ℞ Croix sur quatre degrés. — Masque de Méduse. — Masque comique et houlette.

245. Amour portant une lanterne. — Amour, le bras gauche levé, cherchant à attraper un papillon. ℞ Ↄ A en relief. — Amour endormi sur une coquille ; à côté de lui, un flambeau.

246. Amour sous un arbre. ℞ ΘΕΟΔΩΡΟΥ, légende cursive en creux, sur deux lignes.

247. Femme drapée jouant de la cithare. — Sirène. — Triton.

248. Ulysse sous le bélier de Polyphème.

249. Paysan écorchant un chevreuil. ℞ Lég. en relief : DAMI?

250. Groupe de trois bouchers autour d'un étal.

251. Jeune fille donnant à manger à un coq. — Combat de deux gladiateurs.

252. Deux gladiateurs. ℞ Monogramme tracé à la pointe.

253. Combat de deux gladiateurs. — Même sujet ; l'un des combattants est étendu à terre.

254. Deux gladiateurs, ℞ ЄΡΜΙ/ΑΝΟ. Lég. cursive, en creux.

255. Gladiateur. ℞ T (tracé à la pointe).

256. Massue, dauphins et griffons. ℞ P ALLIMAECI lég. en creux.

257. Armes de gladiateur. — Quadrige. — Lion.

258. Cerf. — Cheval, ℞ MAP/KOC, légende tracée à la pointe.

259. Cheval tombé. — Deux lampes byzantines.

260. Huit lampes à sujets érotiques.

261. Sous ce numéro seront vendues quelques lampes non cataloguées.

## POTERIES

VASES DU PLUS ANCIEN STYLE ORNÉS DE SUJETS

262. Grande amphore peinte en rouge ; le col décoré de six compartiments, dans chacun desquels on voit un cygne et une fleur de lotus ; (blanc et noir sur fond rouge). H. 0,52. Très-rare.

263. Coupe avec pied ; de chaque côté, deux cygnes affrontés, et entre eux, une fleur de lotus, rosaces dans le champ (Peinture rouge et noire sur fond blanc).

264. Coupe. De chaque côté, un oiseau et deux lettres qui semblent être une variété du *mem* phénicien, initiale du mot *Marna* (notre seigneur), que l'on rencontre aussi sur les monnaies de Gaza.

265. Coupe ornée de losanges et de huit *mem* phéniciens.

266. Œnochoé, ornée de cercles concentriques et d'un oiseau.

267. Œnochoé ornée de deux yeux et de six croix cantonnées de globules.

268. Œnochoé ornée de deux yeux et d'une fleur de lotus.

269. Œnochoé ornée de deux yeux, d'une rosace et de deux *mem*.

270. Œnochoé à panse aplatie, décorée de branches de lierre et de corymbes ; anse en torsade.

271. Œnochoé de même forme, panse décorée d'une procession de dix oiseaux.

272. Deux vases en forme de barils, ornés de cercles concentriques, de quadrillés, etc.

273. Deux œnochoés à panse sphérique et à goulot en forme d'entonnoir, décorées de rubans et de cercles concentriques.

274. Amphore.

275. Grande œnochoé à orifice trilobé, ornée de deux yeux et de quatre disques.

276. Prochous (ornements en quadrillé et en échiquier).

277. Grande coupe hémisphérique avec une anse; même genre d'ornementation.

278. Autre, plus petite.

279. Trois autres.

280. Coupe à fond bombé, munie d'une anse.

281. Vase à trois anses.

282. Autre, plus petit, orné de rinceaux.

283. Grande patère.

284. Gourde à deux oreillettes.

285. Œnochoé.

286. Guttus.

287. Guttus à anse surélevée.

288. Vase en forme d'anneau.

289. Coupe à deux anses.

290. Coupe hémisphérique munie d'une anse.

291. Deux petites œnochoés, de formes variées.

292. Amphore sur un pied très-élevé.

293. Guttus à deux anses surélevées (ornements rouges).

294. Autre (ornements noirs).

295. Autre, plus petit (ornements rouges).

296. Autre, plus petit (ornements noirs).

297. Flacon à panse écrasée et à deux anses.

298. Vase en forme de *pyxis*, à trois anses.

299. Autre, arrondi.

300. Autre, à deux anses.

301. Amphorisque.

302. Flacon sphérique à deux anses (cercles concentriques rouges et noirs).

303. Flacon à panse lenticulaire.

304. Autre, en forme de barillet.

305. Œnochoé.

306. Deux flacons à la panse ornée de deux *umbo*.

307. Autre, sans *umbo*.

308. Trois autres.

309. Patère.

310. Petite œnochoé de l'ancien style.

311. Deux petits flacons.

312. Quatre petits vases de formes variées.

313. Flacon pomiforme à double goulot et orné de 27 oreillettes. Forme très-rare.

314. Autre, à goulot simple, avec ornements en relief et neuf oreillettes.

315. Flacon semblable, de fabrique plus ancienne.

316. Autre, plus simple.

317. Flacon analogue, avec une seule oreillette.

318. Flacon piriforme, à deux oreillettes.

319. Lécythus.

320. Gourde ornée de hachures et de huit appendices.

321. Trois flacons rouges décorés de hachures.

VASES EN FORME D'ANIMAUX, ANCIEN STYLE

322. Bélier; terre blanche. Le laine est indiquée au moyen de hachures.

323. Bélier; ornements en quadrillé (peinture blanche et rouge sur fond blanc).

324. Taureau.

325. Petit taureau.

326. Vase à deux goulots, dont l'un se termine en tête de taureau (Peinture blanche sur fond rouge).

327. Coquetier, la pointe ornée d'une tête de taureau.

328. Porc engraissé, avec un grelot à l'intérieur (jouet d'enfant).

329. Quadrupède portant la coiffure *atef*.

330. Vase ovoïdal orné d'une tête de chouette (stries noires). Grelot à l'intérieur.

331. Autre.

332. Autre, à base tronquée.

333. Canard.

334. Vase orné d'une tête d'animal (chevrons et quadrillés en couleur rouge).

335. Autre, décoré de stries noires.

336. Autre, couvert de hachures.

## VASES DU PLUS ANCIEN STYLE

### ORNEMENTS NOIRS OU ROUGES SUR FOND BLANC

337. Gourde, ornée d'une figurine de femme assise à côté du goulot.

338. Grande gourde munie d'une anse et de huit oreillettes.

339. Grande gourde munie d'une anse et ornée de six appendices.

340. Gourde à onze oreillettes.

341. Autre, avec oreillettes et six appendices.

342. Autre, avec anse et neuf oreillettes.

343. Autre, à panse rectangulaire.

344. Petite gourde avec anse et quatre appendices.

345. Deux autres.

346. Flacon de forme lenticulaire.

347. Rhyton.

348. Guttus.

349. Guttus (ornements rouges).

350. Tasse, munie d'une anse et de quatre pieds.

351. Autre, sans pied.

352. Trois petites tasses (même forme).

353. Quatre petits vases réunis et surmontés d'une anse à oreillettes.

354. Flacon en forme de roue.

355. Flacon sphérique, muni de trois pieds, d'un goulot terminé en bec de plume et de quinze oreillettes. Forme rare.

356. Autre, plus simple, à ornements rouges.

357. Petit flacon du même genre.

358. Flacon globulaire, muni d'un anse et de trois oreillettes.

359. Autre.

360. Deux plus petits.

361. Grand flacon pomiforme, à parois épaisses.

362. Guttus pomiforme à double goulot.

363. Lécythus (même forme).

364. Deux autres.

365. Petite coupe (raies rouges et noires).

366. Œnochoé.

367. Petit lécythus

368. Amphorisque.

369. Patère, travaillée à jour.

370. Vase à deux goulots, muni de deux appendices percés, destinés probablement à soutenir des roues.

371. Deux coquetiers (raies rouges et noires).

VASES ORNÉS DE RELIEFS, ETC.

372. Hydrie en terre rougeâtre sans couverte. Deux figu-

rines, d'une hauteur de 11 centimètres, sont appliquées contre le goulot droit; l'une est une femme drapée et voilée, l'autre un jeune homme voilé et couvert d'une chlamyde. Ce dernier tient, de la main droite avancée, une œnochoé qui sert de second goulot au vase. — Haut. totale, 0,35. — Forme très-rare.

373. Vase en forme de calice, orné de rameaux et de ténies en relief. Ancien style.

374. Œnochoé; sur la panse : une ténie et deux serpents. Même style.

375. Scyphus sans anses, orné de douze cordons, disposés perpendiculairement. Le haut de la panse est peint en noir.

376. Prochous côtelé; terre rougeâtre.

377. *Repositorium*, travaillé à jour. Style très-ancien. — Haut., 0,20.

378. Scyphus à deux anses, couvert à l'extérieur d'un vernis vert, à l'intérieur d'un vernis jaune. Il est orné de bas-reliefs représentant une fête bachique. Les figures, une bacchante, un faune et un terme, sont séparées par des rosaces.

Les vases complets de ce genre sont de la plus grande rareté.

379. Outre, ornée de branches de lierre et de corymbes (anse brisée). Vernis vert. Même genre que le numéro précédent.

380. Scyphus à une anse, portant l'inscription ΝЄΙΚΗΩ (*sic*), peinte en blanc sur fond noir.

## VASES ROUGES VERNISSÉS

### AVEC ORNEMENTS PEINTS EN NOIR

381. Grande œnochoé sphérique, ornée de cercles concentriques.

382. Autre, plus petite.

383. Autre, à orifice trilobé. Sur la panse : cercles concentriques, une oie et une palme. C'est la première fois que l'on rencontre un sujet sur les vases de ce genre.

384. Petite œnochoé.

385. Autre.

386. Vase sphérique à deux anses et à goulot, en forme d'entonnoir.

387. Autre, plus petit.

388. Autre, à goulot droit.

389. Olpé.

390. Vase en forme d'*olla*.

391. Autre plus petit.

392. Petit vase à suspension.

393. Flacon se rétrécissant vers le haut

394. Trois petits flacons de formes variées.

395. Trois autres.

396. Grande coupe.

397. Trois petites patères.

## VASES ROUGES, ETC.

398. Vase à une seule anse, le goulot évasé et orné de cercles gravés au trait.

399. Grand flacon allongé, de fabrique égyptienne. — Hauteur, 0,36.

400. Scyphus à deux anses.

401. Autre, à une seule anse ; ornements en relief. Ancien style.

402. Deux autres, plus petits et sans ornementation.

403. Grand scyphus, muni d'un goulot.

404. Petite œnochoé à panse sphérique.

405. Lécythus et amphorisque.

406. Deux petites coupes romaines, portant des estampilles de potiers.

407. Petite coupe avec la lettre T gravée sous le pied.

408. Deux grandes patères.

409. Deux autres, de formes variées.

410. Coupe hémisphérique, vernissée de noir à l'intérieur.

411. Autre plus petite.

412. Coupe entourée d'un grénetis blanc.

413. Flacon à panse conique, avec ornements en couleur blanche.

414. Lécythus, orné d'un réseau de lignes noirs et de points blancs.

415. Scyphus à deux anses; ornements blancs.

## VASE EN TERRE

### BLANCHE, ROUGE ET NOIRE

416. Canthare grec, vernis noir.

417. Petite amphore à panse renflée ; terre blanche.

418. Double lécythus.

419. Guttus.

420. Scyphus.

421. Cotyle.

422. Coupe munie d'une anse.

423. Passoire.

424. Guttus à ornements gravés et à quatre oreillettes.

425. Deux autres, du même genre.

426. Flacon ovoïde.

427. Double lécythus.

428. Grande gourde lenticulaire en terre grise, avec des raies peintes en blanc.

429. Coupe ornée, à l'intérieur, de rinceaux gravés à la pointe.

430. Scyphus à deux anses.

431. Grand vase, en forme d'*olla*, avec goulot et deux anses.

432. Patère et cotyle.

433. Flacon avec goulot en forme d'entonnoir.

434. Autre, plus petit.

435. Flacon orné de lignes tracées au pointillé.

436. Autre, plus petit.

437. Petite œnochoé.

438. Petit flacon en forme de fuseau, avec ornements peints en blanc.

439. Flacon en terre grise, avec ornements peints en noir.

440. Trois petits vases de formes variées.

441. Trois aryballes.

## MÉDAILLES

*Trouvées dans l'île de Chypre.*

442. Rois de Cittium en Æ. Hercule à dr. ℟. Lion dévorant un cerf. Trois pièces.

Ces monnaies, ainsi que les suivantes, sont très-rares, mais leur conservation laisse à désirer.

443. Roi de Cittium en Æ. Lion assis.

444. Cinq petites monnaies phéniciennes et chypriotes en Æ.

445. Cinq tétradrachmes des Ptolémées, etc. Æ.

446. Trajan. ℟. L'empereur sur une estrade. Très-beau. GB.

447. Neuf monnaies byzantines, en or.

448. Poids byzantin en cuivre jaune, avec incrustations en argent et en cuivre rouge.

449. Sept monnaies byzantines en Æ.

450. Princes croisés, 15 p. d'argent (variées).

451. Princes croisés, 7 p. de cuivre, dont plusieurs fort rares.

452. Sous ce numéro sera vendu un grand nombre de médailles grecques, juives, romaines, byzantines, etc., en cuivre.

---

## SUPPLÉMENT

### BIJOUX, ETC.

453. Bague en cuivre avec un *nicolo* représentant Diane chasseresse.

454. Intaille : tête laurée (grenat).

455. Intaille : tête radiée du Soleil (chalcédoine).

456. Intaille : cheval (prime d'émeraude).

457. Buste d'homme en bois sculpté.

458. Deux scarabées et un petit cylindre.

459. Une petite collection de figurines égyptiennes en terre émaillée.

460. Autre série.

461. Objets en pâte de verre colorée (masques, dauphin, anneaux, cylindres, etc.).

462. Deux médailles en Æ. et un grand nombre de médailles grecques, juives, romaines, arabes, etc., en cuivre.

### VERRES

463. Flacon en verre coloré, entouré d'un fil blanc.

464. Verre à boire, de couleur jaune.

465. Fiole en verre bleu.

466. Trois petites fioles, de couleur jaune, bleu clair et violette.

467. Verre à boire, à bord évasé.

468. Verre avec son couvercle.

469. Flacon à panse octogone.

470. Flacon piriforme, muni d'une anse.

471. Flacon à goulot allongé.

472. Autre avec irisation dorée.

473. Flacon piriforme. Même irisation.

474. Trois petites fioles en verre blanc.

475. Baguette munie d'un anneau, en pâte vitreuse de différentes couleurs.

476. Sous ce numéro seront vendus quelques verres blancs, etc., non catalogués.

BRONZES ET TERRES CUITES

477. Un clou et une lampe en bronze.

478. Femme portant un nourrisson. Terre cuite de style primitif.

479. Trois figurines représentant la Vénus chypriote. Ancien style.

480. Tête d'homme barbu et casqué. — Tête de femme voilée.

481. Quadrupède; terre cuite peinte.

482. Quadrupède; terre cuite brune, avec ornements gravés.

483. Porc; jouet d'enfant.

484. Chien couché.

485. Navire. Terre cuite de l'ancien style. Très-rare.

LAMPES

486. Buste de Minerve. — Bustes d'Isis et Sérapis.

487. Joueur de flûte.

488. Pêcheur agenouillé, plongeant les mains dans un bassin.

489. Chèvre. — Sanglier. — Molosse.

490. Quatre lampes portant au R/ des inscriptions grecques ou latines.

491. Quatre lampes érotiques.

492. Deux lampes ornées de masques.

493. Trois lampes byzantines.

494. Sous ce numéro sera vendu un grand nombre de lampes non cataloguées.

POTERIE

495. Guttus orné d'une tête de taureau et d'un buste de divinité égyptienne coiffée du *pschent*.

496. Vase en forme de taureau.

497. Autre, en forme de poisson. *Très-rare.*

498. Deux gourdes munies d'oreillettes.

499. Trois lécythus du même style.

500. Vase pomiforme à double goulot. — Autre avec une anse surélevée.

501. Patère, guttus et petite coupe, avec ornements peints en noir.

502. Petite coupe ornée extérieurement de godrons en relief. *Très-rare.*

503. Petite coupe du même genre, imitant le fruit de l'arbousier. *Très-rare.*

504. Petite coupe en terre rouge.

505. Sous ce numéro seront vendues quelques poteries, etc., non cataloguées.

Paris. — Imp. Pillet fils aîné, rue des Grands-Augustins, 5.

**21 Janvier 1875**

---

# VENTE

*A la suite des* ANTIQUITÉS CHYPRIOTES

## D'UNE PETITE COLLECTION

DE

# MÉDAILLES GRECQUES, ROMAINES, FRANÇAISES, ETC.

---

EXPOSITION LE ~~DIMANCHE~~ 18 JANVIER, SALLE N° 4.

---

Cette Collection sera divisée au gré de l'Expert.

1. Monnaies grecques en OR, Æ et BR, parmi lesquelles deux très-belles pièces de Syracuse en or, et plusieurs didrachmes de Tarente.
2. As romains et médailles consulaires en bronze avec des noms de familles.
3. Monnaies romaines en OR, Æ et BR, entre autres un superbe GB de Néron au ℞ de la Rome assise.
4. Monnaies françaises en OR, Æ et BR. Nous appelons l'attention des amateurs sur un beau teston de Louis XII frappé à Milan, un teston d'Henri II frappé à Siena (très-rare), et un gros de François II et Marie Stuart.
5. Quelques lots de monnaies et médailles françaises et étrangères.
6. Une bibliothèque en acajou, pouvant servir de vitrine.
7. Un meuble en palissandre.

---

Paris. — Imprimerie Pillet fils aîné, rue des Grands-Augustins, 5.

www.ingramcontent.com/pod-product-compliance
Ingram Content Group UK Ltd.
Pitfield, Milton Keynes, MK11 3LW, UK
UKHW022139260726
13993UKWH00005B/2040

9 782329 376486